Écrit par Lacrem | Illustré par Bis

Les pires fans de rap

LES STANS COMPLOT

JOU UUE! EDITIONS

LES STOONS

LES PIRES FANS DE RAP

Drill Complot Iencli Zumba NewWave Mainstream L'Ancien Conscient

STAN

Nom masculin
Stan (pluriel : stans)

Fan extrêmement zélé ou obsessionnel d'une célébrité en particulier.

Verbe transitif *(conjugaison : stanner, je stanne, tu stannes, il/elle stanne, etc.)*

Origine : *début du 21ᵉ siècle,*
en référence à la chanson Stan (2000) du rappeur américain Eminem, qui raconte l'histoire d'un fan obsessionnel.

STAN COMPLOT

Grec : brochette de moutons

Album : Projet Blue Beam - Freeze Corleone

Animal Totem : le chien de berger pour guider les moutons

Film : Matrix car lui aussi a pris la pilule rouge

Expression : "Faites vos propres recherches."

Punchline : Lezarman vient d'la planète Nibiru
Quand tu l'vois, ta barre d'santé diminue.
Vald

Youtuber : Killuminaty

Sauce : toutes celles qui n'ont pas un nom de pays

Stan Complot n'était pas un auditeur comme les autres. Grâce à ses propres recherches Internet, il avait accès à un niveau de connaissances supérieur à la masse qu'il considérait **comme des moutons.**

zone
52
La vérité est quelque part
COVID
ISUS
9:11
PURPLE RAIN
PIZZA
PIZZA
PIZZA
PIZZA
PIZZA

Comme pendant toutes ses journées de vacances, **Stan Complot** décida de passer son après-midi sur le site **RapGénie®** pour ajouter des annotations aux textes de Fraise Alcapone.

Charcher des Parole et plus
GENIE
FORUM FEED ME MESSAGES 25K IQ
MONTCUQ
[Paroles de "MONTCUQ"]
je suis dans le complot comme
le maire de MONTCUQ
j'arrive en 4x4 dans Montcuq
'es du PQ, j'suis dans ton
Annotation RapGénie
1 contributeur
Il dirige les youtubers
dans l'ombre pour
contrôler la jeunesse

Même quand il marchait dans la rue,

le **Stan Complot** était toujours aussi **obsédé**.

"Le peuple doit savoir la vérité !"

s'exclama-t-il en annotant une punchline

sur **Bill Clinton**, même s'il n'avait

aucune idée de qui c'était exactement.

Et oui, le **Stan Complot** était **né en 2007.**

Rue des Illuminatis
Annotation RapGénie
1 contributeur
C'est parce qu'il mange des bébés pour rester jeune

Alors qu'il marchait tranquillement,

il passa devant une affiche faisant la promotion

des vaccins pour les animaux de compagnie.

"Maintenant qu'ils ont mis
des puces espionnes en nous
avec le covid 19, ils s'en prennent
à nos animaux ?!!" pensa-t-il.

666
pensez à eux :
VACCINEZ-LES
NewAnimalWorldOrder Foundation
Ils n'ont donc aucune limite ?!

Il passa ensuite devant un fleuriste qui s'appelait

"l'origine du monde".

Son cerveau de chercheur de vérité se mit tout de suite en ébullition. C'était l'anagramme parfait de

"Religion du Démon".

Il s'agissait sans doute d'un temple secret où l'État profond faisait **des sacrifices humains.**

L'Origine du Monde
Ouvert

"T'as pas honte de travailler pour une entreprise diabolique toi et ta fleur de Satan ?"

Stan Iencli le regarda d'un air surpris qui traduisait bien son appartenance à **l'État profond**.

Il était certainement payé par les satanistes du gouvernement.

Ce qui expliquait d'où venait tout cet argent avec lequel il se payait des baskets si chères…

"Tout se recoupe" se dit-il…

L'O

Vraiment, **le Deepstate** était de plus en plus présent

se dit-il. En passant devant un Grec, il remarqua

quelque chose de bizarre sur l'enseigne.

Elle indiquait "*Kebab Falafel Sandwich*".

Les mêmes initiales que "*Kid for Sale*".

Cet innocent restaurant cacherait-il

un trafic d'enfants ?

KEBAB FALAFEL SANDWICH
5037
?!!
EBAB + BOISSON
5.50€
AVEC FRITES

Il entra dans le restaurant et, en examinant

les menus, il se rendit compte que les sauces

avaient toutes des noms de pays :

Sauce Américaine, Sauce Algérienne,

Sauce Mexicaine, Sauce Andalouse .

Celà ne pouvait pas être une coïncidence…

Il ne pouvait s'agir que d'un code pour demander

la provenance des enfants à vendre.

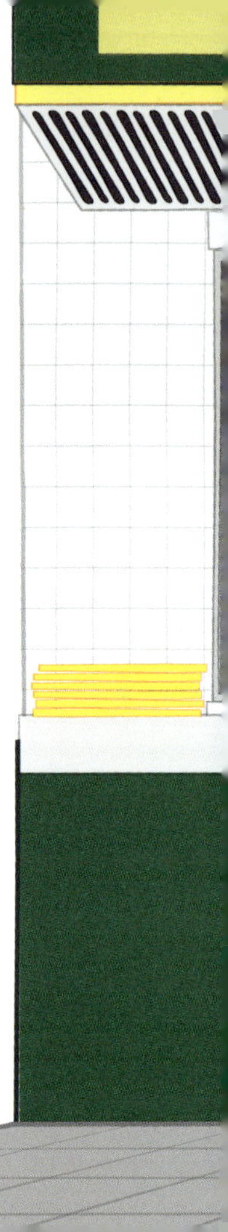

Ces malades vendent même des enfants Samouraïs ?!
SAUCE AMÉRICAINE
SAUCE ALGÉRIENNE
SAUCE MEXICAINE
SAUCE ANDALOUSE
SAUCE SAMOURAÏ
BAB FAL
SANDWI

Il devait en avoir le cœur net.

Il prit son courage à deux mains et décida

d'aller **sauver les enfants** lui-même.

Il regarda autour de lui et aperçut une porte

où il était marqué "*privé*".

C'était sûrement là dedans qu'ils cachaient

les enfants. Il pénétra dans la pièce

mais il n'y avait que des adultes.

"*Ils sont vraiment trop forts*" **se dit-il.**

PRIVÉ

Choqué par tout ce qu'il venait de découvrir, **Stan Complot** décida de rentrer chez lui, là où **les illuminatis** ne pourraient plus avoir d'emprise mentale sur lui en le bombardant de messages subliminaux.

Pyramide
Mini Maket
Rue des
Reptiles
322
32,2€
le forfait illimité
LEZARDPHONE
Soyez prêt pour
le nouvel ordre mondial !
PROMO !
Panier garni
Garanti riche
en adrénochrome
17,76€/kg

De retour chez lui, il décida d'aller sur Internet faire **ses propres recherches** sur les découvertes qu'il avait faites plus tôt en marchant dans la rue.

PDF que washington
recherche
SECRET
18:04
PIZZA
PIZZA
PURPLE
RAIN
Bio

Mais quelque chose tracassait **Stan Complot**. Plus le temps passait, plus un phénomène étrange semblait s'accentuer : que ce soit sur ToiTube ou ses plateformes de streaming préférées, les suggestions de vidéos et de podcasts l'orientaient uniquement et systématiquement vers des vidéos bizarres.

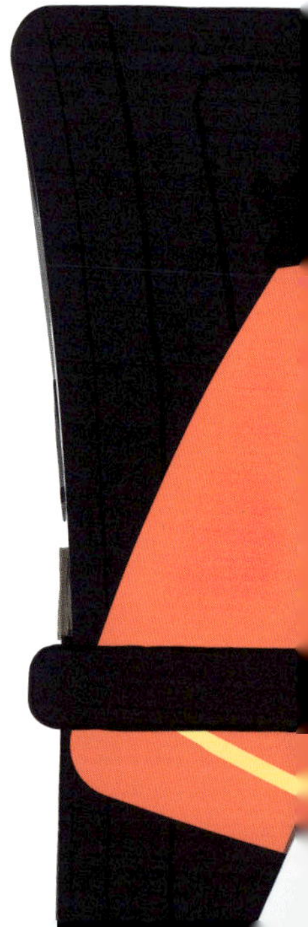

ToiTUBE
Rechercher
B.SACRON
est un Iguan Hermaphrodite
Omg ! B.Sacron est une Iguan HERMAPHRODITE
LA TERRE EST EN RÉ
UNE TRANCHE DE
SAUCISSON
Révélation, LA TERRE EST UNE TR
SAUCISSON !!!!
RATS DE PARIS
ES ROBOTS ESPIONS DU DEEP STATE
LE CLONE DE
LIL LILOU
KIDNAPPE DES ENFANTS
au Listenbourg

Pourtant, cela n'avait pas de sens pour

Stan Complot, qui se concentrait avant tout

sur les **illuminatis et les complots gouvernementaux.**

Et cela le mettait en colère.

Il décida d'appeler **Stan Conscient** à la rescousse.

Certes, il se comportait souvent comme un mouton

crédule, mais il avait souvent de bons conseils.

Arrivé chez **Stan Complot**,

Stan Conscient lui fit d'abord plusieurs remarques

désobligeantes sur le manque d'aération

de sa chambre et des odeurs désagréables.

Mais **Stan Complot** avait toujours une bonne excuse.

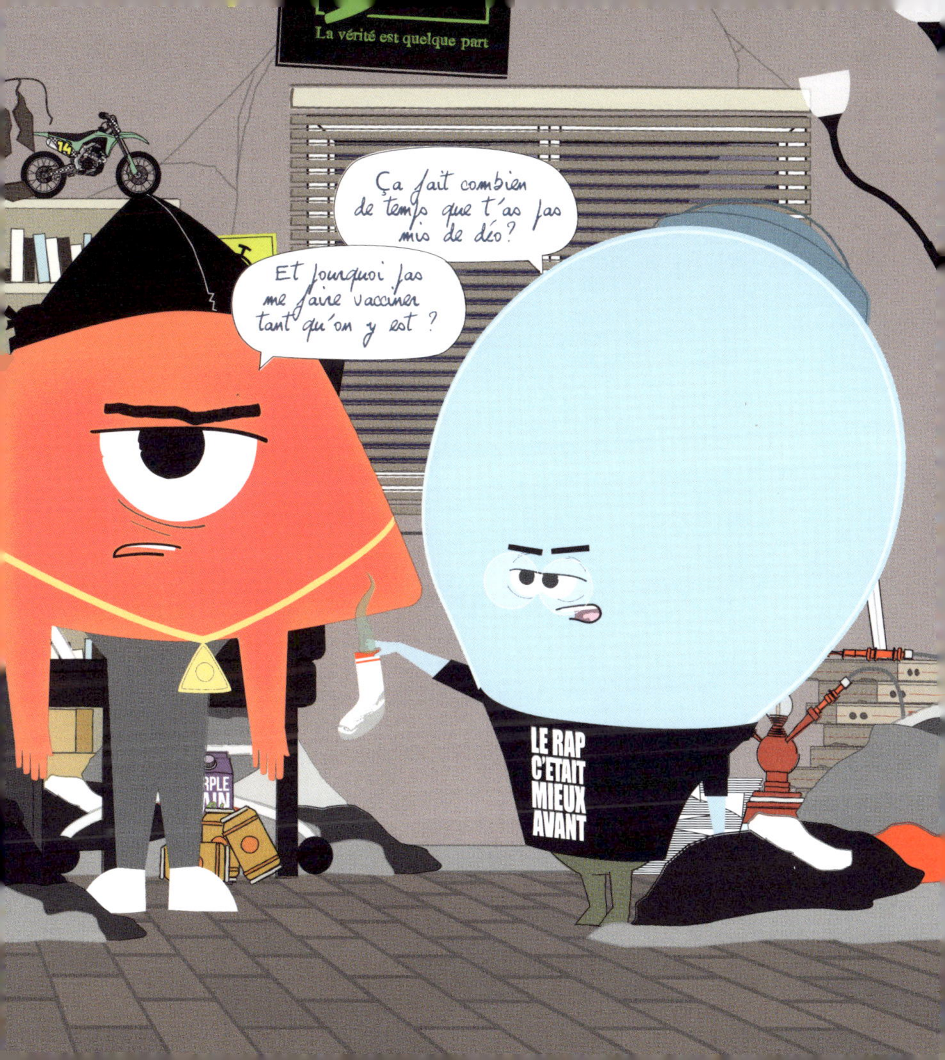

La vérité est quelque part
Ça fait combien de temps que t'as pas mis de déo?
Et pourquoi pas me faire vacciner tant qu'on y est ?
LE RAP C'ETAIT MIEUX AVANT

Après quelques chamailleries,

Stan Conscient tenta de régler le problème.

"Tout s'explique !"

s'écria-t-il avec un grand sourire.

Le problème venait des algorithmes :

plus il cherchait certains mots-clés qui l'obsédaient,

plus les suggestions étaient faites pour accentuer

ses obsessions et aller encore plus loin.

LE RAP

C'est alors que **Stan Conscient** lui expliqua simplement le principe des algorithmes des réseaux sociaux : **plus il cherchait certains mots-clés qui l'obsédaient, plus les suggestions étaient faites pour nourrir ses obsessions** et l'attirer vers des théories de plus en plus stupides.

r
$V = \pi r^2 h$
h
r
LE RAP
C'ETAIT
MIEUX
AVANT

Stan Conscient : "Ça ne veut pas dire que tu dois à chaque fois prendre tout ça au sérieux, c'est juste que tout est fait pour te retenir dans un cercle qui conforte ce que tu penses déjà, sans jamais t'ouvrir à d'autres opinions."

Stan Complot : "Tu veux dire que les théories complotistes les plus stupides... sont elles-mêmes un complot du système ?!"

Stan Complot : "Et c'est pour ça que tout est fait pour que les vidéos aient l'air d'être faites par des fous !

C'est parce qu'ils ont raison qu'on essaie de les décrédibiliser !"

Stan Conscient : "C'est pas du tout ce que j'ai dit et..."

LE RAP

Mais **Stan Complot** n'avait pas besoin d'en entendre d'avantage. Après avoir congédié **Stan Conscient**, il se replongea dans les vidéos les plus farfelues afin d'établir laquelle lui semblait **la plus logique.**

PIZZA
LE RAP C'ETAIT MIEUX AVANT

Il avait bien retenu la leçon : **plus une théorie du complot avait l'air stupide, plus il y avait de chances qu'elle soit vraie.**

Stan Complot fit ses bagages et partit pour l'Antarctique afin de ramener des preuves irréfutables de la Terre Plate.

En tout cas, on le lui souhaite !

Lexique

Merdia : mot valise de "merde" et "média".

Adrenochrome : substance produite par le cerveau que les élites satanistes consomment pour rester jeunes.

Chemtrails : traînées laissées par les avions qui sont, d'après le Stan Complot, faites de produits chimiques.

Reptilien : groupe d'extraterrestres ressemblant à des reptils mais déguisés en humains qui infiltrent les sphères de pouvoirs.

Faire ses propres recherches : chercher sur Internet toute information confirmant ce que l'on pense savoir.

Platiste : personne qui pense que la Terre est plate.

État profond (DeepState) : groupe de personnes qui contrôlent en secret les gouvernements du monde.

Mouton : toute personne qui ne pense pas la même chose que Stan Complot.

Starter Pack
Esprit affûté
(pour éviter les pièges du Deep State)
.PDF contenant la vérité
(Imprimé pour éviter que la CIA l'efface)
PDF que Washington recherche
Durag anti-ondes
Lean
PURPLE RAIN Bio
Olivette de Shit
(pour la clairvoyance ultime)
OBC
Pgp
(pour éviter de passer par les satellites)

Horoscope

21 Mars - 20 Avril
Si l'on te fait un poisson d'avril,
c'est sûrement une vérité cachée.

21 Avril - 20 Mai
Si un lézard te regarde avec insistance,
ce n'est probablement pas un hasard.

21 Mai - 21 Juin
Ton voisin qui fait du bruit la nuit
est sans doute un sataniste
qui fait sa messe noire.

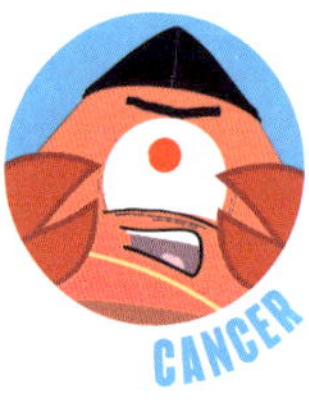

22 juin - 22 Juillet
L'influence de la Lune te montre
que l'Homme n'y est jamais allé.

23 Juillet - 22 Août
Ton organisme sera plus faible face aux
chemtrails, pense à fermer tes fenêtres.

23 Août - 22 septembre
Ta paranoïa se développe.
C'est probablement car tes proches
te veulent du mal.

23 Septembre - 22 octobre
C'est la rentrée des classes,
méfie-toi des cours d'Histoire.

23 Octobre - 22 Novembre
Si tu ressens du désir pour ton meilleur ami, c'est probablement à cause de ce qu'ils mettent dans l'eau du robinet.

23 Novembre - 21 Décembre
Si tu te fais mal,
demande-toi à qui profite le crime.

22 Décembre - 20 Janvier
Ne demande rien au père Noël,
c'est un agent de la CIA.

21 Janvier - 19 Février
Si tu as un doute,
fais tes propres recherches.

20 Février - 20 Mars
Éloigne-toi des personnes vaccinées
pour éviter toute interférence nocive.

T'es un mouton si t'achètes pas les autres livres

RETROUVE TOUT LES STANS

www.lesstans.fr
www.lacrem-edition.fr

Écriture : William SELLEM & Lucas RICHEZ / Lacrem
Illustration : Adrien & Quentin DE GRIVEL / Biscuit Studio
Fondateur Jouuue ! éditions : Guillaume Silvestri
Direction des éditions : Florence Lécuyer
Écriture additionelle : Yérim SAR
Correctrice : Raphaëlle VINON

Jouuue ! une marque du groupe Combo Éditions
ISBN : 9782959288579

Achevé d'imprimé en Lituanie en janvier 2025
Dépôt légal : janvier 2025